FLEUR DES NEIGES

(EDELWEISS)

BALLET

Représenté pour la première fois au GRAND-THÉATRE de Genève

le 5 avril 1888.

PARIS. — IMPRIMERIE CHAIX, 20, RUE BERGÈRE. — 6710-3-8.

FLEUR DES NEIGES

(EDELWEISS)

BALLET EN UN ACTE

PAR

J. RICARD

MUSIQUE DE

ALBERT CAHEN

PARIS
CALMANN LÉVY, ÉDITEUR
ANCIENNE MAISON MICHEL LÉVY FRÈRES
3, RUE AUBER, 3

1888

PERSONNAGES

WALDINE	Mlles TERESITA RICCIO.
LA FÉE DES NEIGES . . .	ADRIENNE CHARANSONNEY.
KARL.	MM. TH. CHARANSONNEY.
LE SYNDIC.	CHRISTIAN.
LES FLEURS DES NEIGES	Mlles STRAMEZZI, BRISON, LAURENCE CHARANSONNEY, TOGNOLI, BODOL, BELLINOS.

PAYSANS, PAYSANNES.

Direction : F. EYRIN DUCASTEL.

Maître de ballet : M. CHARANSONNEY.

FLEUR DES NEIGES

(EDELWEISS)

La grande place d'un village alpestre. — L'horizon est fermé par un amoncellement de masses granitiques que domine un rocher à pic. — Sommets neigeux. — A droite une hôtellerie avec terrasse praticable. — Au second plan le chalet de Karl.

SCÈNE PREMIÈRE

Entrée de faneurs revenant du travail, de bergères et de pâtres.

Les jeunes filles arrivent de la ville voisine où elles sont allées acheter des parures.

Le village est en mouvement. Tous se réjouissent. C'est sur cette place que l'on célébrera demain la fête de l'*Edelweiss*, la blanche fleur des sommets neigeux. Selon l'ancienne coutume un prix est promis à celui qui découvrira la plus belle *Edelweiss*.

Paraît Waldine, charmante parmi les charmantes filles du village. Elle exprime son espoir joyeux : c'est Karl son fiancé qui demain sera le vainqueur. Il remportera le prix, car son intrépidité lui a fait souvent atteindre les plateaux escarpés où s'épanouit la poétique fleur.

Entrée de Karl, le hardi montagnard.

Waldine accourt à lui, l'engageant à danser avec elle et ses compagnes. Il refuse et la repousse.. Il appartient à d'autres rêves.

Chagrin et dépit de Waldine. Elle l'interroge.

— Pourquoi semble-t-il ne plus l'aimer ?

Tous se rapprochent et les entourent.

Karl, préssé de questions, leur montre le roc inaccessible aux flancs duquel s'épanouit une touffe d'*Edelweiss* rayonnantes.

— Ce sont là, n'est-ce pas, leur dit-il, les plus belles qui se puissent trouver ?... Vous connaissez tous la légende : à qui possédera une de ces fleurs sera donné le bonheur éternel.

— Oui, fait l'un des paysans, mais on ne peut gravir ce roc.

— Je le gravirai, moi !... Je sais quel est ce bonheur promis et, pour le conquérir, j'ai la force de vaincre tous les obstacles.

— Que veux-tu dire ? Tu es fou.

— Écoutez, fait Karl mystérieusement. La nuit dernière j'étais seul à cette même place. J'ai vu la fleur devenir vivante et se transformer en une femme radieuse de beauté. Cette créature inconnue, je l'adore : sa possession est sans doute assurée à celui qui s'emparera de l'*Edelweiss* du roc inaccessible. Elle sera à moi. Rien ne m'arrêtera.

Ses amis se moquent de lui.

Les jeunes filles indignées de l'infidélité de Karl témoignent de leur sympathie à Waldine désolée.

Karl sort avec un air de défi, suivi de tous qui raillent sa présomption.

SCÈNE II

Waldine reste seule. Elle a le cœur navré de la folie de Karl... et pourtant elle l'aime toujours, toujours elle l'aimera!

La nuit vient. Un rayon attardé du soleil disparu fait briller sur le roc escarpé la mystérieuse fleur d'argent.

Waldine rêve... Si ce que Karl a dit était vrai!... combien elle voudrait le savoir!... Une angoisse vague l'étreint... Que peut-elle craindre cependant, même si dans la fleur qu'elle a toujours aimée se cache un Esprit?...

L'obscurité est profonde maintenant. Un rayon de lune baigne seul la montagne d'une molle lueur nacrée.

Soudain le rocher s'entr'ouvre; et, au milieu des touffes de blanches fleurs, une forme blanche se dresse lentement.

Quelle est cette apparition?

Le beau visage de l'inconnue rayonne de bonté et de grâce. Waldine émue, mais non plus de terreur, l'implore passionnément.

— Qui que vous soyez, esprit radieux dont j'ignore le nom, prenez-moi en pitié, venez à mon secours... Celui que j'aime m'abandonne!

— Je le sais, répond l'apparition. Karl, ton fiancé, est le jouet d'une illusion folle. Il m'a vue, il m'aime... Mais je suis la Fée des Neiges : l'amour humain ne peut m'atteindre, car je suis une immortelle... Vainement aussi tentera-t-il de ravir à ce rocher l'*Edelweiss* sacrée dont j'ai la garde. Moi seule ai le pouvoir de la cueillir. Je puis la donner à qui m'implore, mais malheur à celui-là, car pour celui qui la reçoit de moi c'est la mort!

Waldine témoigne son effroi et sa douleur.

— Ne crains rien, reprend la fée. Ton amant ne pourra pas escalader ce rocher abrupt. Détrompe Karl, arrache à son cœur l'illusion d'un amour impossible... D'ailleurs ta tendresse me touche. Je te protégerai. Lorsque tu voudras m'appeler à ton secours, frappe trois fois le roc avec une fleur d'*Edelweiss*.

Waldine lui exprime sa reconnaissance.

Depuis quelques instants déjà flottent dans l'ombre des formes vagues et légères.

— Voici l'heure où s'assemble ma cour, éloigne-toi, dit la Fée des Neiges. C'est notre nuit sacrée, celle où nous célébrons notre fleur Reine, car la fête de l'*Edelweiss* qui vous réunit tous demain est un écho affaibli de notre culte.

A peine Waldine est-elle sortie, qu'apparaissent par groupes les Fleurs de Neige.

DIVERTISSEMENT FANTASTIQUE

(Les cristaux de la montagne.)

A l'aube les Esprits disparaissent.

SCÈNE III

LE MATIN

Le jour se lève. On entend au loin les appels des pâtres qui rassemblent leurs troupeaux.

Entrée de villageois et de villageoises qui viennent orner la place où doit se célébrer la fête. Ils suspendent aux façades de leurs maisons des guirlandes de fleurs et de feuillages.

Voici venir le cortège du syndic précédé des concurrents.

CORTÈGE

Le syndic invite les paysans à célébrer ce jour de fête.

DIVERTISSEMENT CHAMPÊTRE

(La fête des Alpes.)

Pleine d'espoir en la protection de la fée, Waldine se mêle aux danses.

Les concurrents se groupent. Karl est parmi eux, fiévreux et résolu.

Enfin, le syndic donne le signal et les jeunes gens s'élancent dans différentes directions à la recherche des *Edelweiss.*

SCENE IV

Après la sortie des jeunes gens, les hommes prennent place aux tables du cabaret.

Waldine est hantée de vagues inquiétudes. Elle se joint cependant à ses compagnes qui cherchent à l'égayer.

Les hommes, assis sur la terrasse de l'hôtellerie, appellent et lutinent les coquettes filles. Elles les raillent tout en leur versant à boire.

Soudain résonne la fanfare annonçant le retour des concurrents.

Les voici qui arrivent et présentent au syndic les bouquets d'*Edelweiss* qu'ils ont cueillis... Karl n'est point revenu.

Le magistrat désigne le vainqueur.

Tous l'acclament et entrent gaiement dans le cabaret boire à son triomphe.

Waldine reste seule; l'absence de Karl la remplit des pressentiments les plus lugubres.

Elle interroge du regard les sentiers de la montagne...

Enfin, il apparaît parmi les blocs escarpés qui entourent le rocher légendaire.

Il arrive désespéré, les vêtements en lambeaux, se traînant à peine.

— J'ai vainement tenté d'escalader le roc où fleurit l'*Edelweiss* radieuse. Mes efforts se sont brisés contre une occulte puissance qui me repoussait invinciblement.

Waldine essaye d'apaiser sa douleur. Elle l'adjure d'oublier ses chimères... Tout est inutile.

— Cette fleur! cette fleur divine! s'écrie-t-il... Sans elle la vie m'est odieuse... Il me la faut... laisse-moi!

Il la repousse et s'enfuit vers sa maison où il veut rester tout à son désespoir.

— Puisque tu exiges cette fleur fatale, c'est de moi que tu la tiendras! dit Waldine alors qu'il disparaît.

La jeune fille a bien compris. Tout est fini pour elle. L'amour de Karl est mort... Elle aussi mourra!...

SCENE V

Elle se dirige vers la montagne et frappe trois fois le rocher qui s'entr'ouvre aussitôt... Apparaît la Fée des Neiges. Elle interroge la jeune fille.

— Que veux-tu de moi?

— L'*Edelweiss* sacrée.

— As-tu donc oublié mes paroles?... Ne sais tu pas que c'est la mort que tu demandes?

— Peu importe, si la fleur enchantée doit apporter le bonheur à mon bien-aimé... Je ne puis résister à son désespoir... Donnez-la-moi, je la veux!

— Crois-moi... Renonce à ce funeste désir...

— Non. Rien ne saurait ébranler ma résolution.

— Eh bien, pauvre enfant... Je dois exaucer ton vœu....

La fée cueille une *Edelweiss*, la jette aux pieds de la jeune fille et disparaît derrière les rochers qui se referment.

A peine Waldine a-t-elle ramassé la fleur qu'elle chancelle comme frappée à mort.

D'un suprême effort elle se traîne jusqu'à la porte du chalet de Karl, et appelle le jeune homme en lui tendant le talisman d'une main défaillante.

SCÈNE VI

Karl accourt. Il a reconnu l'*Edelweiss* enchantée à son éclat sans égal. Son premier mouvement est une explosion de joie. Mais à la vue de Waldine blême et défaite :

— Qu'as-tu ? demande-t-il avec anxiété.

— Voici l'*Edelweiss*.... Prends-la et sois heureux... Pour te l'obtenir j'ai donné ma vie...

— Qu'as-tu fait !

Aux appels du jeune homme arrivent les villageois qui s'empressent autour de Waldine mourante.

Maintenant Karl comprend sa folie... Ce bonheur éternel qu'il rêvait, à la poursuite duquel il s'épuisait en une chasse folle, il l'avait eu à côté de lui et il l'avait dédaigné :

c'est l'amour... l'amour profond auquel Waldine a sacrifié ses jours.

— Je t'aime, s'écrie-t-il affolé, je t'aime, tu vivras.

— Non, fait Waldine, je meurs... mais heureuse d'avoir conquis ton amour.

Elle expire.

— Ah! que la mort m'unisse à toi pour toujours! s'écrie Karl désespéré.

Au moment où il va se frapper de sa dague, la Fée des Neiges apparaît et arrête son bras d'un geste impérieux.

Les villageois s'écartent stupéfaits.

La fée s'avance vers Waldine inanimée.

— Ton amour, lui dit-elle, ne restera pas sans récompense... Lève-toi!

La jeune fille renaît aussitôt à la vie.

— Et toi, dit la fée à Karl, tu sais maintenant quel est le vrai bonheur... Vivez! et vous jouirez tous deux de la félicité promise à ceux qui ont tenu l'*Edelweiss* mystérieuse : l'Amour éternel!

Tous les montagnards entourent Karl et Waldine et fêtent leur union... La Fée étend sur eux l'*Edelweiss* protectrice, la Fleur des neiges aux reflets argentins.

FIN

PARIS. — IMPRIMERIE CHAIX, 20, RUE BERGÈRE. — 6716-3-8.

www.ingramcontent.com/pod-product-compliance
Ingram Content Group UK Ltd.
Pitfield, Milton Keynes, MK11 3LW, UK
UKHW020457220726
13923UKWH00006B/2594